ENCORE UN MOT AUX ARTISTES.

SUR LE PROCÉDÉ

DE LA

PEINTURE EN DÉTREMPE

ET

DE SON EMPLOI

PAR

LE BARON ALPHONSE DE PEREIRA.

DISCOURS PRONONCÉ PAR L'AUTEUR DEVANT LES MEMBRES DE LA
SOCIÉTÉ DES ARTISTES FRANÇAIS ET DE LA SOCIÉTÉ NATIONALE DES
BEAUX-ARTS AUX SÉANCES DU 10 ET 17 FÉVRIER, À L'AMBASSADE
D'AUTRICHE-HONGRIE À PARIS.

MDCCCLXXXXII.

Procédé Pereira.

Agent général pour la France

Monsieur Jules Chauvin

Paris

8 rue d'Enghien.

Procédé Pereira.

Agent général pour la France

Monsieur Jules Chauvin

Paris

ENCORE UN MOT AUX ARTISTES.

SUR LE PROCÉDÉ

DE LA

PEINTURE EN DÉTREMPE

ET

DE SON EMPLOI

PAR

LE BARON ALPHONSE DE PEREIRA.

DISCOURS PRONONCÉ PAR L'AUTEUR DEVANT LES MEMBRES DE LA
SOCIÉTÉ DES ARTISTES FRANÇAIS ET DE LA SOCIÉTÉ NATIONALE DES
BEAUX-ARTS AUX SÉANCES DU 10 ET 17 FÉVRIER, À L'AMBASSADE
D'AUTRICHE-HONGRIE À PARIS.

MDCCCLXXXXII.

L'imprimerie de l'*Union* à Stuttgart.

Canzon va, e se truovi de giurgiuffi
Mostrati loro si, che li converti
Se pure stesson erti,
Sii si gagliarda, che sotto li attuffi.

Giotto.

Va ma chanson; et si tu trouves des orgueilleux,
Montre-toi de façon à les convaincre.
Si cependant ils restent inébranlables,
Sois assez gaillarde pour les étouffer.

le Giotto
(Chanson de la pauvreté).

Il y a trois ans déjà, les artistes français instituaient une commission à l'effet de rechercher les traditions des maîtres anciens et d'assurer à l'avenir la conservation parfaite des tableaux. Aujourd'hui, c'est le « *Journal des Artistes* » qui vient de prendre l'initiative d'une pétition adressée au Préfet de la Seine, au Conseil Municipal, et en général aux autorités compétentes « en vue de rechercher les traditions des maîtres et « d'assurer à l'avenir, par un choix plus judicieux des matières « premières, la conservation parfaite des tableaux ».

Cette pétition a eu un plein succès auprès des artistes qui se sont empressés d'y apposer leurs signatures.

Parmi les très nombreuses adhésions nous relevons les noms suivants qui semblent une garantie de réussite : MM. Bonnat, Gérome, Henner, J. P. Laurens, Jules Lefèbvre, tous membres de l'Institut, Puvis de Chavannes, Tony Robert-Fleury, Detaille, Gervex, Carolus Duran etc. etc.

M. Marty, du « *Journal des Artistes* » duquel émane la pétition, a bien voulu me communiquer cette pétition en me demandant mes idées sur la question, ainsi qu'un résumé de mes recherches sur la peinture en détrempe.

Depuis seize ans je m'occupe de cette grave question. J'ai consigné le résultat de mes recherches dans une courte brochure intitulée : « *Aurons-nous encore une Renaissance en peinture ?* » et présentée au printemps dernier au Gouvernement français et à l'Institut.

Or, ma conviction est, que le *seul remède* sûr et efficace est de peindre à la détrempe, *au moins les dessous*, comme l'ont fait les anciens maîtres depuis Cimabue et Giotto jusqu'à

Rembrandt et Rubens. Tout en reconnaissant la grande supériorité des couleurs à l'huile françaises, je suis néanmoins complètement d'avis qu'il faut établir un contrôle sévère sur la qualité des matières premières, couleurs, huiles, vernis etc. etc.

Ce contrôle devrait être fait par les peintres eux-mêmes, c'est pourquoi, depuis plusieurs années déjà, je prépare mes couleurs moi-même, mais actuellement j'ai un laboratoire à la tête duquel se trouve un pharmacien de premier ordre, car la préparation des couleurs est surtout une affaire de dosage et de manipulation pour lesquels un bon pharmacien a plus de compétence et d'habileté pratique qu'un chimiste.

Depuis nombre d'années déjà, il s'est constitué à Munich, sous la présidence de M. von Lenbach, une commission d'artistes, semblable à celle de France, on y trouve également un laboratoire spécial pour le contrôle des couleurs et subventionné par le gouvernement. C'est de Munich que je fais venir mes couleurs et matières premières, ainsi contrôlées et verifiées.

Je dois dire qu'en général je suis contre l'emploi de substances autres que celles dont faisaient usage les anciens peintres, mais je m'élève surtout contre tout emploi du pétrole, soit qu'il serve de véhicule dans le mélange des couleurs à l'huile, soit qu'il entre dans la combinaison d'un vernis dont l'effet le plus clair est d'en précipiter la résine.

Une simple expérience peut du reste démontrer l'impropriété du pétrole pour la peinture.

Faites évaporer une huile essentielle comme la térébenthine ou l'essence de lavande.

Au bout de trois ou quatre jours vous constaterez que l'évaporation est complète, si au contraire vous répétez la même expérience avec du pétrole, l'évaporation durera plusieurs mois, ne sera pas complète et laissera au fond du vase un résidu graisseux et sale.

J'ajouterai, que le pétrole étant très facilement dilatable sous l'influence de la chaleur, son emploi ne présente pas de stabilité. Les peintres qui se sont servi de ce véhicule savent bien que les couleurs ainsi employées *se promènent* sur le tableau.

D'autre part, je ne saurais assez insister sur le danger que présente l'emploi abusif de l'huile grasse dans la peinture et principalement de son mélange avec la cire qu'on est généralement obligé d'y ajouter pour donner aux couleurs assez de consistance dans les tubes.

Dans la peinture, comme dans l'art en général, tout artiste est subordonné à deux conditions essentielles:

1° Il faut qu'il puisse suivre et réaliser son inspiration aussi vite que possible tout en la manifestant de la façon la plus pure et la plus belle.

2° Que le résultat de son travail soit acquis et durable.

Or, pour que ces deux conditions soient remplies, il faut que les moyens techniques que l'artiste tient à sa disposition, soient les meilleurs et les plus parfaits possibles, pour que son inspiration ne soit ni entravée ni arrêtée par les difficultés matérielles d'exécution.

Eh bien, dans ma conviction, il n'y a que la peinture en détrempe qui réponde à ces nécessités et qui par sa facilité d'emploi permette à la main de suivre rapidement la conception du cerveau.

Il est certain, pour moi, que les anciens maîtres n'auraient jamais pu être aussi féconds ni reproduire leur pensée avec tant de clarté et d'une façon si prime-sautière, s'ils n'avaient pas employé la détrempe. Que l'on pense un instant à l'immensité des travaux des Titien, des Véronèse, des Raphaël, des Michel-Ange et en général de tous les peintres de la Renaissance et l'on restera convaincu qu'ils ont dû avoir un moyen rapide mais sûr de fixer leur pensée sur la toile.

D'un autre côté on voit jusqu'à quelle perfection de modelé ils ont pu pousser leurs toiles, et l'on est bien obligé de reconnaître aujourd'hui que tous les maîtres italiens ont peint exclusivement à la détrempe, sauf à faire quelques retouches après avoir verni.

Lors d'un voyage à Paris que je fis l'année dernière, M. Paul Dubois, directeur de l'Ecole des Beaux-Arts et membre de l'Institut, voulut bien provoquer une réunion de la Société des Artistes français, au Palais de l'Industrie, sous la présidence du bien regretté Monsieur Bailly, membre de l'Institut, pour entendre ma communication.

Le 15 juin dernier, j'eus donc l'honneur d'exposer le résultat de mes longues recherches devant l'aréopage des plus célèbres peintres français, parmi lesquels je citerai MM. Bonnat, Paul Dubois, Tony Robert-Fleury, Bouguereau, Jules Lefèbvre, Zuber, Gabriel Ferrier, Detaille, Gilbert, Vibert, Yon, St. Pierre, Dantan, Bartholdi, Cavelier, Boisseau, Renard, Bernier, Humbert, de Richemont, Dupré, Dawant etc. etc.

Le très grand intérêt avec lequel on accueillit mes explications, mais surtout la pleine approbation que m'ont donnée les premiers artistes français, qui ont peint d'après ma méthode et avec mes couleurs, me permettent de constater le succès en France.

J'ajouterai que quelques-uns des meilleurs artistes de la nouvelle Exposition du Champ de Mars, tels que MM. Puvis de Chavannes, Besnard, Carolus Duran, Dagnan-Bouveret, ainsi que mes compatriotes vivant à Paris: Munkaczy, Edouard Charlemont, Hynais, Jettl, Engelhardt, Vacha etc. n'ont les uns et les autres ménagé ni leur temps, ni leur peine pour se familiariser avec ma méthode.

Depuis le mois de juin dernier, ma bonne vieille détrempe a repris toute sa jeunesse et a déjà fait un assez bon chemin. J'y ai apporté d'heureux perfectionnements grâce au concours de beaucoup de peintres qui ont pris à cœur mon procédé, aussi est-il absolument nécessaire que je présente de nouveau aux artistes un résumé succinct de la manière la meilleure et la plus simple d'employer la détrempe.

Pour combler quelques lacunes de ma précédente brochure, je donnerai ici, d'une manière aussi courte et aussi précise que possible, quelques renseignements complémentaires sur mon procédé de peinture à la détrempe.

Je parlerai:

1º *Des toiles, cartons et panneaux préparés à l'albumen et à la majolique.*

2º *De la manière de procéder.*

3º *Du vernissage.*

TOILES ET DESSOUS.

De toutes mes recherches, de toutes mes observations, il ressort pour moi, avec certitude, que tous les grands maîtres, depuis Cimabue et Giotto jusqu'à Rembrandt et Rubens, ont apporté la plus grande attention à leurs couleurs et aux moyens de s'en servir, mais encore au rapport nécessaire qu'il y a entre les couleurs employées et la préparation de la toile.

J'ai acquis en même temps la conviction que la finesse et la noblesse qui sont le cachet de leurs œuvres, au point de vue idéal, sont dues en grande partie à la manière délicate et pour ainsi dire pleine de tact dont ils peignaient.

La beauté et la solidité d'un tableau dépendent beaucoup du rapport qu'il y a entre la qualité du fond sur lequel on peint et les couleurs employées.

Voilà pourquoi j'attache tant d'importance à mes *toiles* dont la préparation à l'albumen ou à la majolique est toujours dans un rapport raisonné et en parfaite harmonie avec mes couleurs spéciales.

Outre la différence du grain, on doit choisir une toile préparée à l'albumen ou à la majolique suivant le sujet que l'on se propose de peindre.

Mes toiles majoliques sont préparées à la colle avec de la terre majolique très pure. C'est la meilleure préparation pour peindre directement à l'huile.

Mes toiles à l'albumen, c'est-à-dire préparées avec de la colle et du blanc d'œuf, sont spécialement destinées à la peinture en détrempe.

Pour un tableau de plein air et de tons clairs il est préférable de prendre une toile préparée à la majolique; au contraire on prendra une toile à l'albumen pour peindre un intérieur ou un portrait de ton chaud et vigoureux.

Ainsi que le montre la figure ci-jointe, le châssis doit être *fortement taillé en biseau du côté qui regarde la toile,* pour former avec celle-ci un angle d'environ 30°.

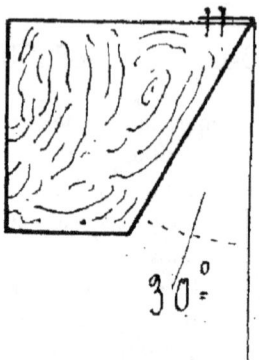

Coupe du châssis avec sa toile.

Grâce à cette disposition, on peut facilement pénétrer avec le pinceau entre le châssis et la toile pour l'enduire par derrière soit d'eau, soit de mixtion à peindre. Il ne faut cependant pas abuser du mouillage qui finirait par fatiguer la préparation de la toile.

Tout en étant absorbante, *ce qui est de première importance pour la conservation et la solidité de la peinture,* ma toile à la majolique ne change pas de ton quand on met directement du vernis sur la toile même.

Cette qualité est inappréciable pour conserver la pureté des tons, car toujours le ton de la toile même transparait sous la couleur et influe sur l'effet général de la peinture.

Une toile ordinaire préparée au plâtre ou à la craie est toujours trop absorbante et les couleurs en détrempe qu'on y applique deviennent plus foncées sous l'action du vernis.

Donc, dans ces conditions on ne peut pas juger en peignant du résultat définitif, tandis que la chose est possible avec mes toiles à la majolique.

Pour fixer sur mes toiles un dessin au fusain, il n'est pas nécessaire d'employer le fixatif généralement en usage (sandaraque délayée dans l'alcool) que l'on applique au moyen d'un insuflateur. Il suffit de mouiller la toile par derrière avec de la mixtion à peindre. Redevenue sèche au bout de quelques heures, le fusain et même le pastel se trouvent *complètement fixés*.

Je dois reconnaitre que je n'ai pas encore réussi à fixer un pastel *complètement achevé* en mouillant ma toile par derrière, sans qu'il se soit produit quelques taches.

Mais pour obvier à cet inconvénient, il suffit de fixer avant que le pastel soit complètement fini. Une fois fixé on donne les dernières retouches qui se fixent d'elles-mêmes et font corps avec le reste.

II.

DE LA MANIÈRE DE PROCEDER EN DÉTREMPE.

L'usage exclusif de l'huile comme véhicule de la peinture est d'une date relativement récente.

Ce ne sont pas les vieux maîtres du XVème siècle, dont les œuvres en détrempe vernie se recommandent encore par l'éclat et la solidité qui ont, comme on le croit généralement, remplacé peu à peu la méthode en détrempe par l'emploi de l'huile.

Ce changement ne s'est fait que beaucoup plus tard, aux XVIIème et XVIIIème siècles. Mais dans mon opinion, la détérioration et la ruine de nos tableaux modernes tiennent à deux causes principales. Ces deux causes sont:

1° L'emploi de toiles préparées à l'huile et à la céruse, en remplacement des fonds absorbants à la majolique ou à la craie.

2° L'emploi des tubes d'étain qui a nécessité l'addition d'un peu de cire à l'huile des couleurs pour leur donner plus de consistance et s'opposer au dépôt de la matière colorante sur les parois intérieures du tube.

Mais si la cire a l'avantage de retenir la couleur, elle a un inconvénient grave, c'est d'empêcher la matière colorante de faire corps avec la toile sur laquelle on l'applique.

Au bout d'un certain nombre d'années cette couleur préparée à l'huile et cire perd toute sa force adhésive et se détache comme une peau morte.

Au contraire dans la technique à la détrempe, les couleurs étant broyées avec un agglutinant facilement soluble dans l'eau et mêlées avec de la colle, elles pénètrent la préparation de la toile et s'unissent intimement avec elle, surtout si l'on a soin de les recouvrir ensuite d'un bon vernis résineux.

Avec cette précaution l'écaillement devient absolument impossible, car la colle est par nature adhérente, tandis que l'huile ne l'est plus aussitôt quelle est complètement sèche.

J'ajouterai que je suis à même de prouver par des documents authentiques que les maîtres des XIIème, XIIIème, XIVème et XVème siècles, et même quelques-uns du XVIIème siècle se sont servi du même agglutinant que celui que je préconise.

Je ne crois donc pas qu'il soit nécessaire que mon procédé ait subi l'épreuve du temps, puisqu'il y a déjà d'autres preuves qui permettent dès aujourd'hui de porter un jugement définitif sur les avantages qu'il présente.

La technique de la peinture en détrempe permet une si grande variété d'emploi et une si grande liberté de touche suivant le sujet que l'on se propose de peindre (tableau de chevalet ou peinture murale) que chaque artiste développera et fera valoir son originalité dans l'emploi de cette technique.[1]

Comme je l'avais prévu dans ma brochure, on a universellement trouvé que la principale difficulté de mon procédé consiste en ce que les couleurs changent quand on applique le fixatif.

Le changement de tons qui se produit par le fixage est très sensible quand on a peint *al secco* (sur la toile sèche) avec la mixtion à peindre seule; mais ce changement est beaucoup moindre quand on ajoute à la mixtion à peindre $1/5$ ou $1/6$ de mixtion double, ou bien encore si l'on emploie l'albumen dont j'ai donné la recette dans ma brochure. (Page 24.)

Une bonne méthode pour garder à mes couleurs leur valeur de tons après le vernissage semble être celle conseillée par M. le professeur Seitz qui emploie le jaune d'œuf.

Mais il est important de faire remarquer que ces différentes méthodes conduisent à des résultats différents.

---

[1] On trouvera plus loin les lettres de quelques artistes célèbres, dans lesquelles ils donnent leur appréciation sur mes couleurs et ma méthode de peinture. On verra que suivant leurs genres de peinture ils se sont déjà créé des manières différentes.

J'ai la ferme conviction que l'artiste arrivera toujours à obtenir le résultat qu'il désire, *à la condition de ne pas perdre de vue que l'effet varie avec la manière de peindre, et avec le choix de la toile et de sa préparation.*

Selon moi, j'estime que ma méthode de peinture, soit en détrempe soit à la majolique, est celle qui permet le mieux d'obtenir des tons fins, frais et pour ainsi dire immatériels; mais je reconnais aussi que cette technique est celle qui offre le plus de difficultés, car il ne faut jamais perdre de vue que les tons deviennent plus clairs en séchant et reprennent leur vigueur sous l'effet du fixatif et du vernis.

Cependant ces difficultés disparaîtront si l'on a soin que la toile (majolique ou albumen) reste toujours humide ce que les peintres anciens appelaient peindre *al fresco*.

Cette humidité que l'on doit entretenir par derrière la toile, préparée à cet effet, s'obtient avec de l'eau ou avec ma mixtion à peindre.

Que l'on se pénètre bien de ceci, c'est que plus une toile est absorbante, plus la préparation sur laquelle on peint prend un ton foncé sous l'action de l'humidité et que par conséquent ce ton transparait sous la couche des couleurs qu'on y a posées.

Mais si l'on se souvient de l'expérience du mouchoir blanc (signalée à la page 23 de ma brochure) on verra que les tons redeviennent clairs à mesure que la toile sèche.

Mais ce retour aux tons clairs n'a pas lieu, si l'on met un vernis quelconque sur un fond trop absorbant.

De là découle la nécessité absolue de peindre sur une toile recouverte d'une préparation appropriée.

Il est d'un grand avantage pour le peintre qui veut terminer son travail en vernissant, de peindre ses dessous dans la gamme la plus claire possible. La grande richesse en matière colorante de mes couleurs en détrempe, dont quelques-unes ressortent très vigoureusement par l'emploi du fixatif, m'a engagé, d'après l'exemple des vieux maîtres de la fresque, à faire revivre les tons de demi-teinte et les couleurs à la majolique.

Leur emploi dans la peinture des dessous permet à l'artiste de se rendre plus facilement maître de ses tons.

Comme dans les couleurs majoliques la substance colorante est mélangée par moitié avec de la terre majolique et du blanc vénitien en poudre, l'artiste n'a pas à craindre de trouver au bout de sa brosse une substance colorante trop vigoureuse.

Comme élément de comparaison, il faut savoir *que la couleur majolique vernie a exactement la même vigueur et la même valeur de tons que la couleur en détrempe encore humide et non vernie.*

Il va sans dire qu'on peut mélanger les couleurs à la majolique et à la détrempe ou même combiner mes trois agents de peinture avec dilution au moyen de l'eau pure.

Après cette introduction qui m'a semblé nécessaire, voici la manière de peindre en détrempe. Après avoir choisi la toile ou le panneau dont la préparation (albumen ou majolique) répond au sujet qu'on se propose de peindre — les toiles sont tendues sur un châssis dont j'ai donné plus haut l'indication — on fait son dessin au fusain, quelquefois aussi au pastel.

Une fois le dessin arrêté, on le fixe en mouillant la toile par derrière.

En commençant à peindre *al fresco* on mouille de nouveau sa toile par derrière, les deux premières fois avec la mixtion à peindre et plus tard avec de l'eau pure.

Les couleurs deviennent alors éminemment malléables et sont d'un emploi beaucoup plus facile que les couleurs à l'huile.

On a ainsi l'avantage de pouvoir continuer à peindre dans des couleurs toujours fraîches, et de pouvoir juger à tout instant du ton général du tableau.

Si au bout de quelques heures les dessous ont séché, on a toujours la ressource de bien mouiller sa toile par derrière et ainsi de suite, jusqu'à ce que le tableau soit terminé.

De cette manière on peut travailler indéfiniment sans que les couleurs en détrempe sèchent ou changent de ton. Mais, de cette manière même de procéder découle la nécessité absolue de choisir une toile non seulement exempte de défauts mais encore appropriée par sa préparation à cette technique. Dans ces conditions on ne saurait trop attacher de valeur à l'emploi de mes toiles à l'albumen et à la majolique.

Quand on travaille sans mouiller la toile *(al secco)* ou bien sur un panneau qu'on ne peut pas mouiller par derrière, on donne de temps en temps avec un large pinceau en poils de vache une légère couche de mixtion à peindre ou même d'eau pure, pour maintenir la peinture fraîche et faire ressortir les tons.

L'avantage du procédé *al fresco* est inappréciable pour les peintres de portrait; ils deviennent ainsi plus indépendants de leur modèle puisqu'ils n'ont besoin que d'humecter leur peinture pour pouvoir recommencer à peindre *alla prima*.

C'est ainsi que l'on procède en tâchant toujours de pousser son tableau à la détrempe aussi loin que l'on peut.

Quand le tableau est achevé de cette manière, on le laisse bien sécher, puis on passe à la peinture de résine en se servant du fixatif comme je l'indique dans le chapitre suivant. On peut aussi peindre sur le fixatif avec les couleurs à la détrempe, ainsi que je l'ai indiqué dans ma brochure page 25.

Une fois le tableau verni on peut encore y mettre la dernière main avec quelques petites retouches et des glacis avec mes couleurs à la résine.

Je dois faire remarquer que le procédé du professeur Seitz[1]) (jaune d'œuf et fixatif) exclut le mouillage des toiles par derrière, mais il offre néanmoins de grands avantages pour l'exécution de grands tableaux décoratifs et en général quand on ne veut ou ne peut pas mouiller sa toile par derrière.

Quant aux couleurs à la détrempe et en majolique elles se conservent longtemps intactes dans les tubes. J'en possède quelques-unes qui ont été fabriquées il y a deux ans et qui sont encore toutes fraîches. Si cependant quelque couleur venait à durcir il suffit de tremper les tubes pendant quelques minutes dans l'eau chaude pour pouvoir s'en servir de nouveau.

Je terminerai ce chapitre en faisant remarquer que *si l'on veut achever un tableau avec des couleurs à l'huile, il est impossible de trouver un dessous plus approprié, plus solide et plus agréable que celui que l'on obtient avec les couleurs en détrempe.*

---

[1]) Voir plus loin la lettre du professeur Seitz, dans laquelle il développe sa manière de peindre.

III.

DU VERNISSAGE.

La manière de vernir un tableau n'est jamais indifférente, et la façon de procéder doit varier suivant le résultat que l'on se propose d'obtenir. Ce procédé doit varier suivant:

1° que l'on veut conserver au tableau sa valeur de ton, comme s'il était fraîchement peint;

2° qu'on veut lui donner une harmonie plus claire et plus fine comme dans la détrempe sèche;

3° qu'on veut rendre les tons plus nourris et plus vigoureux. Mais les différentes façons de vernir conservent bien entendu leur valeur propre, quel que soit d'ailleurs le procédé de peinture employé.

Que l'on ait peint avec de la mixtion à peindre ou avec adjonction de quelques gouttes de mixtion double ou d'après la méthode du professeur Rudolf Seitz (jaune d'œuf et fixatif), que l'on se soit servi de bois, de carton, de toile à grain plus ou moins fin, préparés à la majolique ou à l'albumen, tout cela est indifférent, *la manière de vernir seule a de l'importance.*

Examinons donc ces différentes manières.

Dans le premier cas, il est bon d'enduire le tableau en détrempe d'une couche de mixtion à peindre (à base de colle) au moyen d'une large brosse en poils de vache, et de bien laisser sécher cette mixtion avant de vernir.

Dans le second cas, on enduit le tableau de deux couches de mixtion à peindre diluée (deux parties de mixtion à peindre pour une partie d'eau) en y ajoutant éventuellement un peu d'agglutinant résineux (mixtion double).

Il va sans dire que l'on doit bien laisser sécher la première couche de mixtion à peindre avant d'appliquer la seconde.

Dans le troisième cas le vernis est appliqué directement sur le tableau à la détrempe dès qu'il est sec. Il est toujours à propos d'essayer sur un coin du tableau l'effet à obtenir suivant le nombre de couches de mixtion à peindre.

Le vernissage est un art et demande presque autant d'habileté technique et de soins minutieux que la peinture elle-même.

J'ai rencontré dans mes voyages en Chine et au Japon de véritables artistes dans cet art et j'ai étudié leurs procédés.

Avant tout le tableau doit être préservé soigneusement de la poussière et de l'humidité avant et après le vernissage.

Pour fixer ou pour vernir un tableau de petite dimension on doit le poser horizontalement.

Immédiatement avant le vernissage il est bon de chauffer le tableau soit aux rayons du soleil, soit à un feu doux.

Après avoir trempé sa brosse dans le vernis on en exprime tout le superflu *de façon à ce que cette brosse soit peu chargée de liquide,* puis on enduit le tableau avec le plus grand soin de plusieurs couches minces, mais plutôt en frottant qu'en balayant, comme on le fait généralement.

Avant de vernir il est indispensable d'attendre que la première couche soit entièrement sèche.

On répète l'opération jusqu'à ce que toute la surface du tableau soit également brillante en s'assurant que les empâtements sont aussi bien saturés de résine que les parties lisses, de cette façon on évite le rembrunissement de la toile.

Enfin quand le tableau est complètement achevé, verni et sec depuis quelques jours, on peut encore s'il en est besoin l'enduire d'une couche de fixatif ou de vernis avec un pinceau bien trempé. Si au contraire on veut obtenir des tons nourris et vigoureux on n'enduit pas au préalable le tableau de mixtion à peindre, mais on le couvre seulement de vernis ou de fixatif avec la brosse, jusqu'à ce que tous les tons deviennent bien transparents.

Le vernis en séchant forme souvent des bourrelets qu'il

est indispensable de faire disparaître pour donner à la toile un aspect uni et régulier.

Avec un large pinceau en poils de porc, trempé dans l'essence de térébenthine rectifiée, il suffit de frotter sans crainte la toile à égaliser. La térébenthine dissout le vernis, formant bourrelet sans nuire à la peinture, et l'on obtient une surface régulière et brillante sans avoir le luisant d'une glace. Enfin pour préserver le tableau de l'action de l'air et de l'humidité, on peut l'enduire par derrière de deux fortes couches de mixtion à peindre avec adjonction d'un tiers de mixtion double, et le vernir après sans nuire en rien à l'harmonie des tons.

Inutile de dire que le vase dans lequel on verse le vernis — de préférence une soucoupe de porcelaine ou de cristal — ainsi que la brosse doivent être très propres et sans poussière. Quand on a fini de vernir un tableau, il vaut mieux jeter le vernis qui peut rester dans la soucoupe que de le remettre dans la bouteille.

Parmi les artistes en renom, qui se servent de mes couleurs, j'en citerai quatre qui tous ont un genre différent en peinture.

Ce sont: MM. le professeur SEITZ, spécialiste pour la peinture en détrempe; le professeur BARTELS, aquarelliste; le professeur MORGENSTERN de Breslau et le professeur HOFER de Hambourg, le premier paysagiste, le second peintre de portraits.

Le célèbre professeur de l'Ecole royale des Beaux-Arts de Munich, Monsieur RUDOLF SEITZ a écrit tout récemment la lettre suivante au directeur de mon laboratoire, avec autorisation et même invitation de la publier. Cette lettre a d'autant plus d'importance que M. Seitz a peint toute sa vie à la détrempe.

Voici cette lettre:

« C'est une chose curieuse, qu'avec ces couleurs, tantôt
« on croit être arrivé au but et tantôt on éprouve des
« désillusions. Mais je suis parfaitement convaincu que
« ces résultats différents et qui semblent parfois contra-
« dictoires, proviennent de la nouveauté du procédé, et il
« faut l'attribuer à la maladresse que nous apportons dans
« le maniement de ces couleurs. Nous nous fâchons volon-
« tiers quand nous ne pouvons pas arriver à rendre tel
« effet que l'on admire chez les anciens maîtres, et nous
« rejetons la faute sur les couleurs Pereira, sans songer
« que nous obtenons encore moins avec les couleurs
« à l'huile. Pour ma part, je ne me lasse pas d'expéri-
« menter ces couleurs et j'ai parfois obtenu des résultats
« assez satisfaisants pour avoir le droit de crier victoire.

« *Ce qui est certain, c'est que dorénavant je ne peindrai*
« *qu'avec ces couleurs,* mais je me suis créé une technique
« toute différente de celle qui est recommandée.

« Je prends un jaune d'œuf auquel je mélange du
« fixatif, et je constate en passant que le dernier qu'on
« m'a envoyé m'a parû être meilleur.

« En premier lieu, avec ce mélange, il est agréable
« de peindre, la peinture sèche très vite, ce qui est très
« désirable, et en second lieu on voit tout de suite ce que
« l'on fait, car les tons ainsi posés ne changent pas sous
« l'influence du vernis.

« Je ne sais pas si d'autres peintres approuveront ma
« technique mais je le crois et pour ma part, je déclare
« que j'en suis tout à fait satisfait. Je vous prie de
« présenter mes sincères remercîments à M. le baron de
« Pereira, et de l'assurer que je ferai tout ce qui est
« en mon pouvoir pour propager son invention. Person-
« nellement il m'importe beaucoup que l'on continue à
« fabriquer ses couleurs, et je considérerais comme très
« fâcheux, si je ne pouvais plus m'en procurer.

« Je peinds en ce moment un grand plafond com-
« portant beaucoup de figures qui exigent des études
« d'après le nu, et je constate que pour les chairs, il n'y
« a pas de meilleur procédé que les couleurs Pereira
« employées avec le mélange de fixatif et de jaune d'œuf.
« Je ne sais pas si la composition d'eau et de fixatif que
« vous m'avez envoyée dernièrement est nuisible, mais
« quant à moi, je n'ai remarqué aucun inconvénient, et
« je l'ai trouvée excellente. »

Je suis d'autant plus convaincu que le mélange du jaune
d'œuf, recommandé par M. le professeur Seitz, ne peut pas
être nuisible dans la peinture en détrempe, que ce jaune d'œuf
forme avec mon fixatif une émulsion parfaitement homogène
qui sèche parfaitement et d'une manière égale.

Le jaune d'œuf est par excellence le lien entre l'eau et
le vernis ou l'huile, et tous les pharmaciens s'en servent dans
leurs préparations émulsives.

J'ai déjà dit ailleurs, et tout le monde le sait, que les vieux maîtres ont peint avec un liniment composé de jaune d'œuf et de lait de figues, c'est-à-dire avec une solution résineuse en tout semblable à mon fixatif.

Je salue donc cette innovation parfaitement rationnelle du professeur Seitz, et je l'approuve d'autant plus que mes couleurs et mes vernis semblent avoir été créés exprès pour s'adapter à cette nouvelle méthode.

J'en concluerai donc, grâce à cette nouvelle preuve, que mon matériel de peinture en détrempe est identique à celui des maîtres anciens.

Copie de la lettre de Monsieur le professeur von Bartels.

« J'atteste avec plaisir que je trouve excellentes les « couleurs fabriquées par vous, d'après le système Pereira. « C'est surtout pour la peinture à l'aquarelle, qu'elles sont « avantageuses, puisqu'elles ouvrent aux artistes versés « dans ce genre le vaste champ inexploré et encore par- « faitement inconnu d'une nouvelle technique. Ces couleurs « me paraissent destinées à jouer un rôle important dans « le développement de la peinture à l'aquarelle. »

Monsieur le professeur Morgenstern, à Breslau, écrit à la date du 9 janvier :

« Dès maintenant je crois pouvoir dire avec assurance, « que je ne retournerai plus à la peinture à l'huile, tout « au plus pour faire une esquisse rapide d'après nature. « Je peinds en ce moment un motif difficile même pour « la peinture à l'huile, c'est un effet d'automne, une allée « de vieux noyers au feuillage rouge et jaune sous un « soleil éclatant. Quand il n'y a que peu de temps que « l'on se sert de cette nouvelle technique on rencontre « maintes difficultés, mais je puis déclarer qu'en trois « mois je me suis créé une manière à moi. Le coloris « est de beaucoup supérieur à celui que l'on obtient avec « l'huile, dès lors, je ne vois pas l'avantage que l'on « aurait à repeindre à l'huile, d'un aspect graisseux sur « les fonds toujours si fins de la détrempe. »

Monsieur GOTTFRIED HOFER, artiste-peintre à Hambourg, écrit à la date du 8 janvier :

« Après m'être familiarisé avec l'emploi des couleurs « à la détrempe j'ai copié dernièrement, sur une toile « préparée à la majolique un portrait que j'avais autrefois « peint à l'huile et d'après nature.

« J'ai terminé cette copie presque entièrement avec « des couleurs majoliques, puis je l'ai fixée avant de la « terminer avec des couleurs résineuses.

« Il faut que je vous exprime mon enthousiasme, « quant au résultat obtenu, car les couleurs et la valeur « des tons de la copie sont de beaucoup plus artistiques « que dans l'original.

« Pour moi cette supériorité est due, sans hésitation, « au procédé de peinture qui permet de donner un éclat « et une valeur de tons inconnus à la peinture à l'huile, « et de se rapprocher ainsi beaucoup plus de la nature.

« En outre le maniement des couleurs est plus simple « et plus alerte, on reproduit plus vite et d'une façon plus « exacte ce que l'on veut, et enfin ce procédé permet « d'exécuter un portrait beaucoup plus rapidement qu'avec « les couleurs à l'huile.

« Je vous prie de présenter mes compliments à « Monsieur le baron de Pereira, en lui disant que je fonde « de grandes espérances sur sa réforme et que bien d'autres « succès viendront confirmer ceux déjà obtenus. »

Comme on peut le voir par ces intéressantes lettres extraites de ma correspondance avec quelques artistes de premier ordre, un nouveau courant très dessiné se fait sentir en faveur de la peinture en détrempe.

Un de mes compatriotes, et en même temps mon ami, le professeur d'Angeli de l'Académie de Vienne me disait dernièrement:

« J'avais pris une telle horreur des couleurs et de la « peinture à l'huile, que j'avais complètement perdu tout « plaisir à peindre. Maintenant je suis heureux, toute « ma passion pour la peinture s'est réveillée. »

Après avoir peint et presque achevé en deux séances un portrait, à mon atelier de l'Académie à Stuttgart, il m'a exprimé sa conviction, que pour lui la solution du problème était trouvée, et que certainement il peindrait toujours en détrempe.

« D'ailleurs, ajoutait-il, qu'ai-je à craindre de ce « procédé, si je ne réussis pas à finir en détrempe j'ai « toujours la ressource de revenir à l'huile sur des fonds « excellents et solides. »

Cet artiste n'est pas le seul qui se soit exprimé de cette manière. D'une façon générale on peut affirmer que les tableaux anciens des écoles italienne, flamande et espagnole, qui ont poussé au noir, ont été peints avec un excès d'huile, tandis que tous ceux dont nous admirons encore aujourd'hui l'éclat et la fraîcheur du coloris, ont été peints ou tout au moins ébauchés en détrempe.

Enfin si l'on se place à un point de vue purement pratique et pécuniaire, on constate déjà une certaine réserve et une certaine hésitation parmi les amateurs et les marchands de tableaux, on a peur de se lancer dans l'achat de tableaux destinés à noircir à bref délai.

Il est en effet effrayant de voir avec quelle rapidité se détériorent les tableaux de nos maîtres modernes.

Cette détérioration n'explique que trop la réserve dans laquelle se renferment le public et les gouvernements quand il est question d'enrichir leurs galeries.

Dernièrement, un ministre me disait: « Si j'avais à choisir aujourd'hui entre deux tableaux de même mérite et d'égale importance pour une galerie d'Etat, l'un à l'huile et l'autre en détrempe, je n'hésiterais pas, je choisirais le second ».

Un an à peine s'est écoulé depuis que je mettais en tête de ma première brochure cette question:

« Aurons-nous encore une Renaissance en peinture? »

Et je puis déjà répondre avec assurance:

Oui! nous l'aurons.

Oui! nous verrons bientôt renaître sur nos tableaux le beau coloris des anciens maîtres, car grâce au procédé à la détrempe qui se propage et se développe de jour en jour, nous avons déjà pu voir des œuvres remarquables qui prouvent sa résurrection. Encore un peu, et la détrempe sera le domaine commun de tous les artistes.

Que les peintres songent qu'ils ont un devoir à remplir envers eux-mêmes et envers les autres, ce devoir c'est la conservation de leurs œuvres.

Qu'ils me passent la comparaison, mais si un ouvrier est responsable de la bonne qualité de son travail, que n'a-t-on pas le droit d'exiger d'un artiste quand il s'agit d'œuvres d'art.

Enfin, je ne cesserai de répéter mon *ceterum censeo:* qu'il faut peindre à la détrempe au moins les dessous.

www.ingramcontent.com/pod-product-compliance
Lightning Source LLC
Chambersburg PA
CBHW061615180626
46818CB00005B/2081